Gaya
et le petit désert

Conte **Gilles Vigneault**
Chansons **Gilles Vigneault** et **Jessica Vigneault**
Illustrations **Stéphane Jorisch**

Cette histoire à conter dans la main a d'abord été racontée à un enfant en suivant du doigt les lignes de sa main devenues les coulées parcourues par Gaya.

Je la dédie à mon ami l'astrophysicien Hubert Reeves, un grand ami de la planète TERRE.

L'écureuil
Petit-Roux
2e coulée

Le hibou
Grand Duc
3e coulée

Les castors
4e coulée

Gros Chêne
1ère coulée

5e coulée

Petit Désert

L'Orée

Une fois, c'était une petite fille de neuf ans qui restait toute seule avec son grand-père sur une colline dans une maison qu'ils appelaient « l'Orée ».

Elle s'appelait Gaya et son grand-père se nommait Androu.

Un matin d'automne, Gaya descendit la colline qui menait au Petit Désert. Ils appelaient ça « le Petit Désert » parce que le bonhomme Androu y avait tout coupé ce qui restait d'arbres ou d'arbustes, d'abord pour chauffer son poêle en hiver, puis pour avoir une vue plus étendue sur les alentours.

Au milieu du Petit Désert, il y avait un puits où, depuis qu'elle était toute petite, son grand-père l'envoyait chercher de l'eau. Ce matin-là, elle alla donc au puits avec son seau... mais s'en revint sans eau.

« Grand-père, le puits n'a plus d'eau ! », dit-elle en montrant le seau vide.

Mais le bonhomme Androu se mit à rire : « Je vais y aller, moi, et je vais t'en trouver de l'eau. Reste ici ! »

Il descendit à son tour et fut surpris de ne réussir à puiser qu'à peine assez d'eau pour faire le thé. « C'est curieux ça, il a pourtant plu comme d'habitude en août... Ah ! C'est probablement à cause de la lune... et puis... il va repleuvoir. »

Il retourna deux fois au puits ce jour-là, puis décida qu'il n'y avait qu'à attendre et que le temps arrange tout. Quand il fut parti voir à ses pièges, la petite Gaya se retrouva toute seule dans la maison et se mit à réfléchir au problème : « La solution est peut-être dans le gros livre. »

Il faut dire que le bonhomme Androu avait conservé, d'une autre époque de son existence, un vieil almanach très épais dans lequel Gaya trouvait toutes sortes de choses à apprendre et qu'elle ne se lassait jamais de consulter. Elle ouvrit au hasard et lut en haut de la page 343 la sentence suivante :

« Les humains ont tendance à se croire seuls capables de donner des conseils sur les choses de la vie. Ils devraient consulter plus souvent les animaux, les arbres même... la vie qui les entoure. »

Gaya réfléchit longuement et finit par décider d'aller au bout de la première coulée consulter Gros Chêne, un arbre énorme, plusieurs fois centenaire. Le bonhomme Androu l'avait épargné parce qu'il aurait eu du mal à l'abattre et à le transporter, mais aussi parce qu'il était devenu un précieux point de repère. « Après tout, songea Gaya, c'est un être vivant, et puis, pour la sagesse... il doit en avoir autant qu'un vieil humain. »

Elle partit donc en direction de la première coulée. Arrivée là, elle eut presque peur du vieil arbre et se dit que, même avec les bras de son grand-père ajoutés aux siens, elle ne pourrait pas en faire le tour. Elle marcha autour comme pour l'apprivoiser, puis, suivant à la lettre les instructions du vieil almanach, décida de le consulter : « Gros Chêne... peux-tu me dire pourquoi il n'y a plus d'eau dans le puits ? »

Elle attendit en se disant : « Je suis une sotte; les arbres ne parlent pas » ! Mais elle eut la surprise d'entendre : « Ils ne sont pas aussi bavards que les écureuils, mais ils parlent quand c'est nécessaire. Je ne sais pas pourquoi l'eau manque au puits, mais peut-être que si vous alliez faire un tour dans la deuxième coulée, l'écureuil, qui vole des glands, des samares et des noix à tout le monde, pourra peut-être vous répondre. »

Elle revint à l'Orée pour midi et passa tout l'après-midi à se demander si elle en parlerait à son grand-père... Elle décida d'attendre. Après le souper, comme elle en avait l'habitude, elle reprit le vieil almanach, l'ouvrit au hasard et tomba sur une sentence en haut de la page qui disait : « Le grand âge n'est pas forcément garant de la sagesse. »

Le lendemain, elle s'en fut voir l'écureuil. Après quelques minutes de marche, rendue de l'autre côté du Petit Désert, elle s'engagea dans le chemin menant à la deuxième coulée, au bout de laquelle le rongeur se tenait debout sur un gros caillou, une noix entre les pattes.

Il l'attendait, on aurait dit. Avant qu'elle eût le temps d'ouvrir la bouche, il déclara : « J'ai tout entendu. J'étais caché pas loin. D'abord, Gros Chêne fait des glands à ne plus savoir où les mettre. Bon. Et moi, j'en ai besoin pour nourrir ma famille. Et puis, de temps en temps, j'en plante ici et là... et si vous voulez savoir qui est le coupable, il reste loin d'ici, c'est Monsieur le Hibou. Il fait peur à la lune et quand la lune a peur, c'est connu, elle se cache et c'est ça qui tire l'eau de l'autre côté du monde. D'autre part, un oiseau qui pille les nids et nous considère comme du bétail, dévorant tout ce qui bouge sans distinction, devrait être chassé au fusil comme un bandit qu'il est, bon ! »

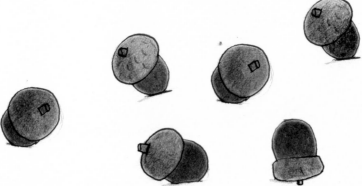

Gaya remercia beaucoup l'écureuil pour tous ces renseignements et s'en revint chez elle, un peu découragée. « Décidement, chacun trouve plus commode d'accuser le voisin que d'examiner le problème et d'y réfléchir... » Elle fut à l'Orée pour souper et décida de tout raconter à son grand-père. Il rit beaucoup et se félicita d'avoir une petite fille si pleine d'idées...

« Si tu parles au hibou, demain, lui dit-il, n'oublie pas de me le raconter. Ah... t'as de qui retenir, ta mère était pareille... des histoires... des rêves... des folies à se demander où elle allait chercher tout ça ! »

Cette nuit-là, Gaya rêva que son grand-père était un gros hibou et, du haut du vieux chêne, il tenait dans ses serres un écureuil énorme qui, malgré sa situation précaire, l'engueulait avec fureur. Elle s'éveilla en peur, puis se rendormit en souriant. Il était plutôt drôle, son rêve... Elle avait hâte de le raconter à son grand-père, mais le lendemain, le cri strident d'un geai le lui fit oublier.

Sitôt pris son petit déjeuner, elle partit vers la troisième coulée,
où son grand-père était allé bûcher auparavant.

Au bout d'un bon quart d'heure de marche, elle se demandait où trouver
le hibou, quand une ombre lui fit peur, passant au-dessus d'elle. C'était l'ombre
du Grand Duc qui venait se percher sur un tronc d'orme sec et ne la regardait que
d'un œil et encore... à demi-clos. « Hou... Hou... On vient voir si c'est la faute aux
hiboux ! Hou... Mademoiselle... Hou... Hou... On se fie aux ragots des écureuils ?...
Hou... »

Effrayée comme jamais encore, elle restait là, muette, comme accusée elle-même,
et parvint tout juste à dire : « C'est à cause du puits... il n'a pas d'eau... je ne veux
pas dire que c'est votre faute, je viens demander conseil, c'est tout !

- Hou... Hou... Hou... des conseils... dit le Grand Duc, je n'ai pas de conseils à vous
donner, mademoiselle, mais une information qui mérite, je crois, toute votre
réflexion... Dans une clairière, non loin de celle-ci, vers l'ouest, il y a, je le sais
pour les avoir observés de très haut, une famille de castors. Or, j'ai retenu de ma
longue expérience de vol que, partout où ces gens-là s'installent, ils commencent
par couper des arbres, puis ils barrent le moindre ruisseau... Je laisse à votre
intelligence, qui me semble assez alerte, le soin de tirer des conclusions...
Hou... Hou... »

Et d'un vol lourd et cérémonieux, le grand hibou s'envola sur ces mots,
laissant Gaya toute pensive... mais, elle se l'avoua, renseignée.

Revenue à la maison, Gaya raconta à son grand-père, tel que promis, sa rencontre avec l'oiseau de nuit. Il s'en amusa beaucoup et lui dit que pour les castors, c'était tout à fait vrai : il y en avait une famille en train, justement, de barrer le seul ruisseau qui coulait encore entre les deux coulées de l'ouest. Gaya lui répondit d'un ton décidé : « Demain, j'irai parler aux castors. On verra ce qu'ils auront à répondre.

- Attention, lui recommanda son grand-père, ne va pas t'aventurer toute seule dans la forêt. Reste toujours à découvert. » Sur quoi, chacun s'en fut dormir.

Le lendemain matin, Gaya partit tôt et se rendit jusqu'au fond de la quatrième coulée sans rencontrer le moindre castor. Elle s'en revenait, déçue, quand elle entendit un grand bruit tout près du chemin. On abattait un arbre... qui tombait dans l'eau... Elle se risqua un tout petit peu dans les abords des bois... et vit un castor presque aussi gros qu'elle-même, qui rongeait un tremble.

« Seriez-vous Monsieur Castor ?

- Oui... Pourquoi ?

- Parce que... avec vos barrages, dit Gaya, qui commençait à être agacée par tout ce monde... il n'y a plus d'eau dans notre puits ! »

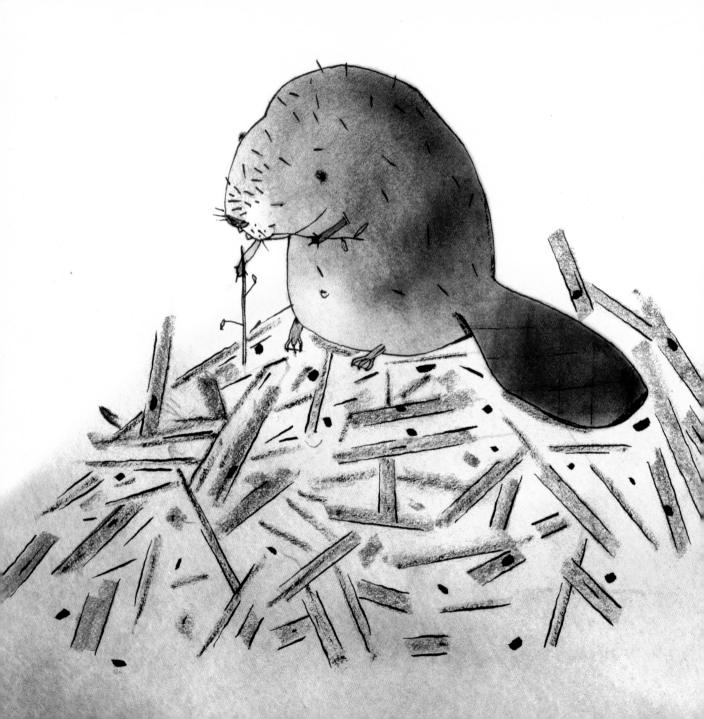

Le castor se gratta la tête... et prit beaucoup de temps avant de répondre, sans s'approcher : « Je dois vous dire d'abord que loin d'assécher la terre, nos travaux retiennent souvent tellement bien les eaux qu'il arrive qu'on s'en plaigne. Par ailleurs, si vous nous reprochez les arbres coupés... j'admets notre part de responsabilité dans l'affaire, mais... mais, écoutez-moi bien avant de porter un jugement... Nous sommes loins d'être les plus grands abatteurs d'arbres qui soient... et nous préférons les bois tendres, qui sont de loin les plus rapides à repousser. Et nous n'abattons que ce qui est nécessaire à notre digue. Je tiens aussi à vous dire que le grand mal avisé qui vous a informée de notre présence dort toute la journée alors que nous sommes au travail et se promène la nuit alors qu'on n'y voit rien ! Sur ce, excusez-moi, mais vous comprenez, le travail m'attend... et le ruisseau, lui, n'attend pas ! »

Le castor se remit à sa digue et Gaya s'en revint plus perplexe que jamais.

En sortant de la coulée aux castors, elle vit de loin le puits dont la margelle dépassait à peine de la terre nue et se demanda depuis quand cet étrange espace était ainsi déboisé (ou s'il l'avait toujours été) et entreprit d'en faire le tour. Elle tournait donc autour du puits, en cercles de plus en plus fermés, et remarqua plein de petites bosses sur le côté sud du Petit Désert. Grattant l'une d'elles avec son pied, elle en ôta la mousse et découvrit le restant d'une souche...

Mais il était bien cinq heures et le temps de rentrer.

« D'où est-ce qu'elle vient, ce soir, ma petite courailleuse ?

- Oh... de loin, grand-père. Je suis allée voir les castors. » Et pour plonger tout de suite dans le vif du sujet : « Et c'est de leur faute, le puits tari. C'est parce qu'ils coupent trop d'arbres... les petits, les gros, tout y passe... J'ai vu !

- Qui c'est qui t'a conté des histoires tordues encore, hein ? Le hibou, je suppose... mange ta soupe, elle va être froide. »

Et le bonhomme Androu, grand-père de son état, se réfugia dans un silence têtu. Il ne se risqua à ouvrir la bouche que pour dire, une demi-heure plus tôt que d'habitude : « Il est l'heure, va te coucher. Puis dors pour vrai au lieu de rêver des folies. »

Mais la petite Gaya endormie, le vieil Androu se retrouva tout seul de veille et, pour éviter de se mettre trop tôt à jongler, prit l'almanach et l'ouvrit au hasard, comme il avait vu Gaya le faire si souvent, après le souper. Il tomba sur une page traitant d'horticulture, un long article détaillé qu'il lut au complet, puis monta se coucher... de fort mauvaise humeur.

Il mit quelque temps à s'endormir... Il rêva qu'il était en train de planter, tout autour du puits, de petits arbres que Gaya lui apportait en disant :
« C'est un tremble de la cinquième coulée... un orme de la deuxième coulée... et regarde... un petit bébé de Gros Chêne ! »

Il faisait beau le lendemain et, comme si le problème était résolu, Gaya déclara :
« Aujourd'hui, grand-père, j'aimerais aller avec toi couper du bois dans la
cinquième coulée. » Il ne sut que répondre, surpris d'un tel revirement :
« Mais bien sûr, si ça te fait plaisir et pour moi, le temps sera moins long. »

En quittant l'Orée, ils passèrent près du puits, en tirèrent le peu d'eau qu'il arrivait
encore à donner une fois par jour, puis, comme ils continuaient leur marche que
Gaya ralentissait un peu, le bonhomme dit : « On a le temps, on va s'asseoir
un moment. Ça va reposer tes petits pieds. »

Ils étaient rendus à l'entrée de la cinquième coulée.
Ils avait vue sur tout le Petit Désert.

« Grand-père... est-ce qu'il y avait des arbres avant... dans le Petit Désert ? »

Ce fut suivi d'un long silence. Puis, la réponse vint : « Oui ma belle, mais je me
demande si on devrait pas en replanter quelques-uns, pas loin du puits... ça ferait
de l'ombre. Et ça garderait l'eau plus fraîche. Il y a longtemps que j'y pense.

- Oh oui, grand-père, et ça serait beau !... Trois ou quatre...

- Oh... une dizaine au moins... de différentes essences... »

Et il commença à lui expliquer comment les arbres retiennent l'eau dans la terre, comment l'ombre qu'ils font garde l'eau froide et toutes les belles connaissances qu'il venait d'acquérir, sur un ton de sagesse et d'expérience qui la laissa souriante d'indulgence... et heureuse de sa réussite.

Ils passèrent la journée au bout de la cinquième coulée et Gaya remarqua que son grand-père laissait ici et là les arbres les plus petits. La malicieuse lui en demanda la raison.

« C'est que si on veut que la forêt repousse après nous, faut pas tout couper sans réfléchir... On est pas des castors ! »

26 - 27

Ils plantèrent les arbres ensemble au Petit Désert. Une vingtaine en tout, tout autour du puits, et les pluies de septembre le remplirent. Il garde son eau désormais d'une saison à l'autre. L'automne qui suivit mit au-dessus du puits, selon l'heure de la journée, l'ombre d'un peuplier, celle d'un tilleul et celle, pour la fin de la journée, de deux bouleaux... Ce sont des arbres qui poussent vite, le grand-père savait cela... depuis toujours !

En octobre, Gaya avait revu Gros Chêne plusieurs fois, discuté avec l'écureuil, parlé une fois avec le Grand Duc et passé des heures à regarder travailler les castors.

Et comme elle avait gardé l'habitude du « gros livre », elle y trouva un beau matin le mot suivant : « Les humains capables de reconnaître leurs erreurs et de s'empêcher de les commettre de nouveau sont des êtres précieux et rares qui méritent d'être reconnus comme tels. »

Elle partit immédiatement en direction du puits et surprit son grand-père qui ne l'avait pas vu arriver, en train de se livrer à une curieuse occupation. Il passait d'un jeune arbre à l'autre et disait à chacun un mot : « Pousse bien ! » ou « Tu vas faire un beau tremble ! » ou encore, devant un jeune érable déjà haut et fort : « Si vous êtes plusieurs comme toi, dans cinq ans on entaillera pour le sirop. C'est Gaya qui sera contente. »

Et Gaya se disait : « J'ai de la chance d'avoir un grand-père comme ça. » Et le grand-père se disait en regardant le jeune érable dont les feuilles faisaient déjà flamboyer le paysage : « Dans cinq ans... Gaya aura grandi aussi... » Elle sortit de sa cachette en criant : « Hou ! » Le bonhomme fut surpris et fit semblant de l'être encore davantage.

Ils revinrent tard à l'Orée, fourbus et heureux. Après le souper, ils prirent le gros livre qui faisait partie d'un rituel et se mirent à l'ouvrir au hasard, chacun son tour. Soudain, Gaya ferma le livre et s'enferma quelques secondes dans un silence inattendu.

« Grand-père, comment c'est fait, un livre ? »

Le bonhomme Androu prit le temps qu'il fallait... L'arbre abattu flotta sur la rivière, arriva au moulin, se vit écorché, réduit en pâte, trempé, couché, séché, roulé, coupé, imprimé, relié... et devint un gros livre... qui proposait aux humains tous les recommencements.

Chansons

C'est la faute à qui ? (Chanson de Gaya)

Paroles et musique **Gilles Vigneault** et **Jessica Vigneault** Interprète **Ingrid St-Pierre**

Ce matin dès mon réveil
Je suis descendue au puits
Il avait plu dans la nuit
Mais il faisait grand soleil

J'en suis remontée bientôt
Demander à mon grand-père
De m'expliquer ce mystère :
Notre puits n'avait plus d'eau

C'est la faute à qui ?
C'est la faute à quoi ?
Grand-papa m'a dit
De sa grosse voix :
La faute à personne
La faute à l'automne
Qui tarit les puits

C'est pas la faute aux bouleaux
C'est pas la faute aux érables
Les sapins sont pas coupables
Y en n'a plus sur le coteau
C'est pas la faute aux oiseaux
Quant aux castors, leurs barrages
Amènent dans nos parages
La rivière et ses ruisseaux

Je suis pleine de pourquoi
Malgré ce que dit grand-père
Et le puits l'année dernière
Était à l'ombre des bois
Si c'est la faute au soleil
Le grand livre va le dire
Tout ce que je pourrai lire
Me sera de bon conseil

C'est la faute à qui ?
C'est la faute à quoi ?
J'ai bien réfléchi
Il y a selon moi
Au fond de la Terre
Un trou de lumière
Qui boit et qui boit

Il n'y a pas d'eau sur la lune (Chanson de Gros Chêne)

Paroles et musique **Gilles Vigneault** et **Jessica Vigneault** Interprète **Richard Séguin**

Pour chercher le puits
Traverser la Terre
Loin de la rivière
Retrouver son nid
Au cœur du désert
Inventer la pluie
L'horizon déplie
Un jardin tout vert

Ohé Noé
Ton bateau prend l'eau
T'es monté trop haut
Dans ta hune
Ohé Noé
Pauvre matelot
Il n'y a pas d'eau
Sur la lune

Ce vaisseau de l'air
Est-ce ma planète
Qui achète et jette
Le feu et le fer ?
À quel timonier
Donner la boussole
Dans la course folle
Du calendrier ?

À chercher ailleurs
Ce qu'on a sur Terre
Tu perds les repères
Des fruits et des fleurs
Tout nous fut donné
L'eau, l'air et la vie
Si bien qu'on oublie
D'en être étonné

Dans cet arbre

Texte de **Gilles Vigneault** Interprète **Edgar Bori**

Dans cet arbre
Humble et nu
Quel est donc
Ce fruit blanc
Qui pend lourd
Dans la main
De la nuit ?

C'est la lune

J'ai vu des noix (Chanson de l'écureuil)

Paroles et musique **Gilles Vigneault** et **Jessica Vigneault** Interprète **Kathleen Fortin**

Je ramasse et j'entrepose
De quoi traverser l'hiver
J'en cache tant que j'en perds
Mais jamais ne me repose

Une noix dans chaque joue
Plus rapide que l'éclair
Je ris, je danse et je joue
À me faufiler dans l'air

Excusez-moi
Mais l'hiver s'en vient
J'ai vu des noix
Chez la voisine
Excusez-moi
Mais l'hiver s'en vient
J'ai vu des noix
Chez le voisin

On me taxe d'avarice
Quand j'entasse mes festins
L'univers est un jardin
Que je pille sans malice

Mais moi j'ai semé des chênes
Pour peupler les environs
Et dans les forêts prochaines
Mes petits m'imiteront

J'en sème tant que j'oublie
Où j'ai caché mes trésors
Et ça pousse avec l'accord
Du soleil et de la pluie

Et j'ai planté tant de chênes
De noyers, de noisetiers
Que je ne suis pas en peine
Pour mes petits héritiers

Et pour tout vous dire (Chanson du hibou)

Paroles et musique Gilles Vigneault et Jessica Vigneault Interprète **Damien Robitaille**

C'est l'écureuil Petit-Roux
Un faiseur de mauvais coups
Qui dit du mal des hiboux !
Hou ! Hou ! Hou !
Qui dit du mal des hiboux !
Et pour tout vous dire
Ça ne nous fait rien du tout !
Hou !

Et sorti d'on ne sait où
Le voilà qui vient chez nous
Pour aménager son trou !
Hou ! Hou ! Hou !
Pour aménager son trou !
Et pour tout vous dire
Il en a creusé beaucoup !
Hou !

Ça croit s'y connaître en tout
Ça met tout le monde à bout
Ça n'a que le poil de doux !
Hou ! Hou ! Hou !
Ça n'a que le poil de doux !
Et pour tout vous dire
Je lui tordrais bien le cou !
Hou !

Pour les arbres, c'est un pou
Pour les hiboux, un filou
Un voyou et un grigou !
Hou ! Hou ! Hou !
Un voyou et un grigou !
Et pour tout vous dire
La souris a meilleur goût !
Hou !

Tap ! Tap ! Tap ! (Chanson du castor)

Paroles et musique Gilles Vigneault et Jessica Vigneault Interprète **Diane Tell**

Tap ! Tap ! Tap !
Monseigneur de la nuit
Tap ! Tap ! Tap !
Nous avons des ennuis
Tap ! Tap ! Tap !
Monseigneur de la nuit
Tap ! Tap ! Tap !
C'est à propos du puits

Je sais que vous voyez
Nos travaux, nos barrages
Et que vous avez l'âge
Pour bien nous conseiller

Nous coupons les bouleaux
Et nous vivons de trembles
C'est normal il me semble
Pour vivre au bord de l'eau

Tap ! Tap ! Tap !
Monseigneur de la nuit
Tap ! Tap ! Tap !
C'est à propos du puits
Tap ! Tap ! Tap !
Monseigneur de la nuit
Tap ! Tap ! Tap !
Nous avons des ennuis

Quand vous dormez debout
Notre journée commence
N'y voyez nulle offense…
Vous ne voyez pas tout !

La hache des humains
De ses dents toutes blanches
Taille, abat, coupe et tranche
Sans penser à demain

Tap ! Tap ! Tap !
Monseigneur de la nuit
Tap ! Tap ! Tap !
Vous irez voir au puits
Tap ! Tap ! Tap !
Monseigneur de la nuit
Tap ! Tap ! Tap !
Nous avons des ennuis

On a tout déboisé
Chênes, pins, ormes, frênes
Leurs racines se drainent
Et le puits s'est vidé

Voilà comme castor
Ce que j'avais à dire
Ajoutons que j'admire
Qui reconnaît ses torts

Tap ! Tap ! Tap !
Monseigneur de la nuit
Tap ! Tap ! Tap !
Nous avons des ennuis
Tap ! Tap ! Tap !
Monseigneur de la nuit
Tap ! Tap ! Tap !
Vous irez voir au puits

Tap ! Tap ! Tap !
Monseigneur de la nuit
Tap ! Tap ! Tap !
Vous irez voir au puits
Tap ! Tap ! Tap !
Monseigneur de la nuit
Tap ! Tap ! Tap !
Nous avons des ennuis

Quand je redeviendrai petit

Texte **Gilles Vigneault** Interprète **Marcel Sabourin**

Quand je redeviendrai petit
Quand je ne serai plus grand-père
J'irai tous les après-midi
Faire l'école buissonnière
Du samedi au samedi
J'apprendrai les oiseaux, les bêtes
Les arbres, les fleurs et les fruits

Et où commence et où finit
Un ruisseau qui chante en ma tête
Et je nommerai ma planète
Aile par aile et nid par nid
Sous chaque nom, pointe, discrète
Quelque couleur de l'infini

L'enfant et l'eau

Paroles **Gilles Vigneault** Musique **Gaston Rochon** et **Gilles Vigneault** Interprète **Daniel Lavoie**

C'est un enfant qui trouvera
Les mots qui vont sauver le monde
Regardez-les faire leur ronde
Avec l'air de n'être pas là
Il arrive à l'hôtel de ville
Il faudra bien le recevoir
Il n'est pas venu pour vous voir
Ni pour jouer l'enfant docile

Un enfant qui cherchait ses mots
Entre vie et voyage
A trouvé dans le mot nuage
Le secret de la neige et de l'eau

S'il ne s'est pas montré plus tôt
C'est qu'il est pris par sa ruelle
Sa parole sera cruelle
À démêler le vrai du faux
Ne préparez pas de tartines
Il n'est pas venu pour nocer
Il est là pour vous dénoncer
Ne préparez pas de comptines

Un enfant qui cherchait ses mots
Entre vie et voyage
A trouvé dans le mot nuage
Le secret de la neige et de l'eau

Peut-être est-il déjà venu
Pour déceler vos négligences
Sous son œil brûlant d'exigence
Vous vous retrouverez tout nus
Casseurs de lacs, tueurs de fleuves
Il vous connaît, préparez-vous
À boire de votre mazout
Quand les rivières seront veuves

Un enfant qui cherchait ses mots
Entre vie et voyage
A trouvé dans le mot nuage
Le secret de la neige et de l'eau

Ne cherchez pas le sauf-conduit
Ne cherchez pas l'échappatoire
C'est de votre eau qu'il faudra boire
Quand vous aurez détruit le puits
Il descendra jusqu'en votre âme
Vous aider à vous démasquer
Il ne faut pas vous offusquer
Quand il vous dira : Je suis femme

Cet enfant qui cherchait ses mots
Entre vie et voyage
A trouvé dans le mot nuage
Le secret de la neige et de l'eau

Cet enfant qui cherchait de l'eau
Entre ville et village
Puisera dans votre visage
Une perle, une rose, un oiseau

C'est le temps

Paroles et musique **Gilles Vigneault** Interprète **Louis-Jean Cormier**

Je perdrais l'eau de ma rivière
Si j'en parlais
Le caillou se refait poussière
Quand il lui plait
Mais si ton âme s'appareille
À cause de mon peu de bruit
Navigue au cœur et à l'oreille
Arrive avant la fin des fruits

C'est le temps, c'est le temps
D'écouter la rivière
C'est le temps, c'est le temps
D'écouter cet oiseau
Tant qu'il reste de l'air dans l'air
Tant qu'il reste de l'eau dans l'eau

Comme la pluie aux cheminées
Ourle son nid
Ainsi au coin de mes journées
J'aurai dormi
Je sais que selon la seconde
On me cogne au carreau du cœur
En attendant que je réponde
Je fais taire ce cœur menteur

C'est le temps, c'est le temps
D'écouter la marée
C'est le temps, c'est le temps
D'écouter le bouleau
Tant qu'il reste de l'air dans l'air
Tant qu'il reste de l'eau dans l'eau

Je demeure amoureux d'une île
Qui dort au loin
Moi qui suis le lac dans la ville
Et n'en dors point
D'aussi loin que je me souvienne
Je n'ai point dansé à mon gré
Avec des amours si lointaines
Je ne suis pas près de m'ancrer

C'est le temps, c'est le temps
D'inventer la voilure
C'est le temps, c'est le temps
De nommer un bateau
Tant qu'il reste de l'eau dans l'air
Tant qu'il reste de l'air dans l'eau

Comme tout arrive

Paroles Gilles Vigneault Musique Gilles Vigneault et Jessica Vigneault Interprètes Ingrid St-Pierre, Richard Séguin, Edgar Bori, Louis-Jean Cormier, Daniel Lavoie, Diane Tell, Kathleen Fortin et Damien Robitaille

Comme tout arrive
Avec les beaux jours
Le merle et la grive
Sont aux alentours
Mon âme dérive
Sur cette eau qui court
Le temps que j'écrive
Ta chanson d'amour

C'est le mot « Jonquille »
Qui vient le premier
Un pic escarbille
Le vieux peuplier
Concours de coquilles
En haut du pommier
J'ai trouvé trois billes
Perdues l'an dernier

La pie est faraude
Moqueur le coucou
La corneille rôde
En cas de bijou
Le mot « Émeraude »
Te plaisait beaucoup
Il est en maraude
Autour de ton cou

Sous la neige morte
J'ai trouvé la clef
Pour ouvrir ta porte
L'hiver est bouclé
Un clocher colporte
Qu'on entend bêler
Le vent nous transporte
On croirait voler

Avril donne l'heure
Le jour et le mois
Un grand rire pleure
Tout au fond de moi
Que ma main n'effleure
Jamais d'autres doigts
Je n'ai de demeure
Que tout près de toi

Je n'ai de demeure
Que tout près de toi

Conte Gilles Vigneault Chansons Gilles Vigneault et Jessica Vigneault
(sauf *L'enfant et l'eau* - Gilles Vigneault et Gaston Rochon) Illustrations Stéphane Jorisch
Réalisation, arrangements musicaux et prise de son Jean-François Groulx
Direction artistique Roland Stringer Conception graphique Stéphan Lorti
pour Haus Design Révision des textes Mathieu Rolland
Prise de son (voix), mixage et mastering Guy Hébert au Studio Karisma
Instruments joués par Jean-François Groulx guitares, mandoline, piano, clavier, percussions,
batterie, basse, flûtes, harmonica et mélodica

L'enregistrement du conte *Gaya et le petit désert*
Narration Vincent Davy Gaya Juliane Belleau Androu Marcel Sabourin
Création de la trame sonore Jean-François Groulx

Richard Séguin apparaît avec l'aimable autorisation de Spectra Musique
Diane Tell apparaît avec l'aimable autorisation de Tuta Music Inc.
Louis-Jean Cormier apparaît avec l'aimable autorisation de Simone Records et Les Yeux Boussoles
Ingrid St-Pierre apparaît avec l'aimable autorisation de Les Disques La Tribu et 4 de Trèfle Productions
Daniel Lavoie apparaît avec l'aimable autorisation de Spectra Musique
Edgar Bori apparaît avec l'aimable autorisation de Les Productions de l'Onde
Damien Robitaille apparaît avec l'aimable autorisation de Les Disques Audiogramme Inc. et 9e Vague.

Remerciements
Alison Foy-Vigneault, Suzanne Beaucaire, Serge Provençal, Micheline Bleau, Serge Fortin,
Krista Simoneau, Isabelle Viviers, Suzanne Richard, Mylène Tapp, Brigitte Sicard, Virginie Bazin,
Shand Pall et Julie Lamarre

Jean-François Groulx remercie Lue Lebel pour sa vision artistique durant l'enregistrement du conte

Nous reconnaissons l'appui financier du gouvernement du Canada par l'entremise du ministère du Patrimoine canadien
(Fonds de la musique du Canada).